AF452607

CATALOGUE

DES

SCULPTURES

EN MARBRE ET EN PIERRE

STATUES, VASES, ETC.

Groupe important par PRADIER

COLONNES EN GRANIT

BRONZES

OBJETS VARIÉS

Garnissant le Parc de Bagatelle

ET DONT LA VENTE AURA LIEU

AU PARC DE BAGATELLE (Bois-de-Boulogne)

LE MERCREDI 22 JUIN 1904

A DEUX HEURES

COMMISSAIRE-PRISEUR	EXPERTS
Mᵉ PAUL CHEVALLIER	MM. MANNHEIM
10, rue Grange-Batelière	7, rue Saint-Georges

EXPOSITIONS

Les Lundi 20 et Mardi 21 Juin 1904, de 2 h. à 6 h.

ENTRÉE PAR LA GRILLE PRINCIPALE

Et par la route du Champ d'entraînement

CONDITIONS DE LA VENTE

Elle sera faite au comptant.

Les acquéreurs payeront *dix pour cent* en sus
des prix d'adjudication.

Paris — Imp. de l'Art, E. MOREAU ET Cⁱᵉ, 41, r. de la Victoire

DÉSIGNATION DES OBJETS

1 — Monument funéraire antique en marbre blanc, à décor de guirlandes, animaux et têtes de béliers avec inscription latine.

Haut., 84 cent.

2-3 — Quatre vases simulés en marbre blanc, à quatre faces décorées de médaillons renfermant des figures allégoriques, ainsi que des mascarons, guirlandes et ornements, par *Xavery*. L'un d'entre eux signé : *I. B. Xavery, inv. et fecit, anno 1727*, et un autre : *I. B. X., 1727, F.* Les piédouches de deux d'entre eux et les quatre piédestaux sont de travail moderne.

Hauteur du vase : 1 m. 15 cent.
Hauteur du piédestal: 92 cent.

4 — Quatre vases simulés en marbre blanc, à panses enguirlandées de feuillages; piédou-

ches ornés d'un entrelacs et boutons de couvercles formés d'une graine. Époque Louis XVI.

Haut., 80 cent.

5 — Grand vase avec couvercle en marbre blanc, orné de quatre médaillons à figures mythologiques, séparés par quatre cariatides en ronde bosse ; couvercle surmonté d'une pomme de pin. XVIIIe siècle.

Haut., 1 m. 30 cent.

6 — Statue, grandeur nature, en marbre blanc : nymphe nue étendue sur un coussin. XVIIIe siècle. Sur piédestal en marbre de couleur.

Haut., 65 cent.; larg., 1 m. 60 cent.
Hauteur du piédestal : 91 cent.
Largeur du piédestal : 1 m. 93 cent.

7 — Encadrement de porte en marbre blanc et marbre de couleur, à décor de guirlandes, imbrications, coquilles et moulures. XVIIIe siècle.

Haut., 3 m. 85 cent.

8 — Deux vases en marbre blanc, panses unies ; bordures de feuilles de chêne, culots cannelés, piédouches à entrelacs. Fin du XVIIIe siècle.

Haut., 80 cent.

9 — Groupe en marbre blanc : bacchante et satyre. Signé : *J. Pradier, 1834.*

> Haut., 1 m. 15 cent.; larg., 1 mètre.

10 — Statue, grandeur nature, en marbre blanc : femme nue étendue sur une draperie et tenant un livre. Signée : *Truphème, 1859.* Base en marbre blanc, avec moulures de marbre rosé.

> Haut., 60 cent.; larg., 1 m. 50 cent.
> Hauteur de la base : 83 cent.
> Largeur de la base : 1 m. 60 cent.

11 — Deux sphinx assis en marbre blanc, avec ailes en bronze et vases de fruits sur la tête également en bronze. Signés : *V. Fontaine fecit 1874.*

> Haut., 1 m. 60 cent.; larg., 1 m. 40 cent.

12 — Deux sphinx couchés en marbre blanc, avec collerettes et draperies en bronze. Signés : *V. Fontaine fecit 1874.*

> Haut., 95 cent.; larg., 1 m. 40 cent.

13 — Statue en marbre blanc : Diane debout, tenant un arc. Base en marbre.

> Haut., 1 m. 65 cent.
> Hauteur de la base : 1 m. 43 cent.

14 — Statue en marbre blanc : la Vénus de Médicis. Base en marbre rouge.

Haut., 1 m. 60 cent.
Hauteur de la base : 1 m. 38 cent.

15 — Statuette en marbre blanc : l'Amour debout, tenant des fleurs.

Haut., 1 m. 38 cent.

16 — Deux statues en marbre blanc : Flore et Amphitrite.

Haut., 1 m. 47 cent.

17 — Statuette en marbre blanc : le Tireur d'épine, d'après l'antique.

Haut., 87 cent.

18 — Statue en marbre blanc : le Remouleur, d'après l'antique.

Haut., 1 m. 05 cent.; larg., 97 cent.

19 — Statuette en marbre blanc, le Mannekenpis.

Haut., 70 cent.

20 — Buste, grandeur nature, en marbre blanc : Ajax, d'après l'antique.

Haut., 85 cent.

21 — Buste, grandeur nature, en marbre blanc :

femme, les épaules nues, la poitrine en partie couverte d'une draperie.

Haut., 70 cent.

22 — Lion debout en pierre sculptée. Piédestal en pierre.

Haut., 1 m. 55 cent.; larg., 2 m. 10 cent.
Hauteur du piédestal : 1 m. 60 cent.
Largeur du piédestal : 2 m. 50 cent.

23 — Deux lions couchés en marbre blanc.

Haut., 60 cent.; larg., 1 m. 17 cent.

24 — Deux grands vases en marbre blanc, forme Médicis à anses têtes de boucs, panses unies, culots feuillagés et cols ornés de pampres. Piédestaux en pierre.

Hauteur du vase : 1 m. 60 cent.
Hauteur du piédestal : 1 m. 90 cent.

25 — Vase en marbre blanc, à panse godronnée.

Haut., 1 mètre.

26 — Vase en marbre blanc, à panse unie et culot à nervures.

Haut., 1 m. 03 cent.

27 — Deux grands vases en marbre blanc, à panses enguirlandées de fruits.

Haut., 89 cent.

28 — Deux grands vases en marbre blanc uni :
anses-mascarons chimériques en bronze.

Haut., 1 mètre.

29 — Deux vases, forme Médicis, en marbre
blanc, à culot godronné.

Haut., 87 cent.

30 — Vasque ovale en albâtre.

Haut., 47 cent.
Grand diamètre, 85 cent.

31 — Vasque ovale, sur piédouche, en marbre
vert d'Égypte.

Haut., 73 cent.
Grand diamètre, 75 cent.

32 — Vase en granit gris.

Haut., 72 cent.

33 — Coupe en porphyre gris, portée par trois
statuettes d'Égyptiens, en bronze.

Haut., 80 cent.

34 — Fontaine, formée d'une vasque ronde, en
marbre rouge, supportée par un groupe de
trois enfants-satyres en bronze à patine brune ;
base en marbre blanc simulant une chute

d'eau. Cette fontaine est placée au centre d'un bassin oblong à bordure de marbre blanc.

Hauteur de la fontaine : 1 m. 60 cent.
Longueur du bassin : 10 mètres environ.
Largeur du bassin : 5 m. 50 cent. environ.
Largeur de la bordure : 33 cent.

35 — Grand vase, en bronze à patine brune, à culot feuillagé, surmonté d'un tore de laurier, garni de deux anses doubles-serpents ; sur la panse, sont disposés deux gros mascarons et des cannelures décorées de branchages. Piédestal en marbre blanc veiné.

Haut., 1 m. 45 cent.
Hauteur du piédestal : 4 m. 3 cent.
Largeur du piédestal : 95 cent.

36 — Coupe en granit, supportée par trois statuettes d'Atlas, en bronze, reposant sur une base cylindrique en serpentin vert d'Egypte, marbre, porphyre et bronze.

Haut., 93 cent.

37 — Quatre groupes en bronze, à patine noire, grandeur nature : Enfants et Animaux.

Haut., 1 m. 20 cent.

38 — Groupe en bronze, à patine noire : Amours

piétinant un cœur ; d'après *Pigalle* ; sur fût de colonne cannelée et enguirlandée en bronze également.
Haut., 2 m. 40 cent.

39 — Groupe en bronze, à patine noire : Chèvre entre deux Enfants bacchants ; base à quatre volutes enguirlandées de pampres. D'après *Sarazin*.
Haut., 2 m.; larg., 1 m. 20 cent.

40 — Deux statuettes, en bronze, à patine noire : Hippomène, d'après *G. Coustou*, et Atalante, d'après *Lepautre*.
Haut., 1 m. 28 cent.

41 — Statue en bronze, à patine noire : Vendangeur improvisant, d'après *Duret*.
Haut., 1 m. 70 cent.

42 — Fontaine en bronze : Enfant sur un cygne.
Hauteur, environ 1 mètre.

43 — Fontaine en bronze, formée d'une statue de Triton.
Hauteur, environ 1 mètre.

44 — Fontaine en bronze, formée d'un singe monté sur un crapaud.
Haut., 1 m. 60 cent.; larg., 1 m. 60 cent.

45 — Trente-deux vases, en fonte, forme corbeilles.

Haut., 55 cent.

46 — Guéridon en mosaïque de marbre; pied en marbre blanc.

47 — Plusieurs bancs en marbre.

48 — Deux colonnes, en granit rose; bases à tore de laurier en bronze.

Haut., 1 m. 57 cent.

49 — Deux colonnes, en granit rose; bases à tore de laurier, en bronze.

Haut., 1 m. 69 cent.

50 — Deux fûts de colonnes, en granit rose; bases ornées d'un tore en bronze.

Haut., 1 m. 68 cent.

51 — Deux colonnes en granit rose, avec chapiteaux en bronze d'ordre ionique.

Haut., 2 m. 60 cent.

52 — Fût de colonne, en granit rose.

Haut., 2 m. 55 cent.

53 — Deux colonnes, en granit gris; bases en marbre blanc.

Haut., 2 m. 90 cent.

54 — Colonne en granit gris; base en marbre blanc.

Haut., 2 m. 65 cent.

55 — Deux colonnes en marbre vert de mer.

Haut., 2 m. 96 cent.

56 — Deux fûts de colonnes en granit rose.

Haut., 1 m. 85 cent.

57 — Colonne en granit, surmontée d'un vase. Base en marbre de couleur.

Hauteur de la colonne : 2 m. 60 cent.
Hauteur de la base : 1 m. 45 cent.

58 — Très grande colonne en marbre, sur piédestal en marbre blanc et granit rose; chapiteau corinthien et embase en bronze doré. Elle est surmontée d'un groupe : Nymphe et enfant.

Hauteur de la base : 2 mètres.

59 — Deux colonnes sur embases carrées en marbre de couleur; chapiteaux ioniques en bronze.

Haut., 2 m. 75 cent.

780   60 — Deux supports en forme de fûts de colonnes
en marbre de couleur.

> Haut., 1 m. 20 **cent.**

2 10   61 — Gaine plaquée de marbre vert et noir.

> Haut., 1 m. 32 cent.

4 10   62 — Deux fûts de colonnettes cannelées en
marbre blanc.

> Haut., 90 cent.

63 — Fût de colonnette en marbre.

> Haut., 87 cent.

4 80   64 — Deux demi-colonnes sur embases carrées,
en marbre noir veiné de blanc.

> Haut., 1 m. 44 cent.

1.450   65 — Colonne en marbre, surmontée d'une coupe
et sur base carrée.

> Hauteur environ : 3 m. 70 cent.

820   66 — Piédestal en marbre rosé, à volutes sculp-
tées sur les quatre faces.

> Haut., 1 m. 49 cent.; larg., 80 cent.

580   67 — Piédestal en marbre blanc, de même forme,
enrichi de fleurettes et quadrillés.

> Haut., 1 m. 41 cent.; larg., 68 cent.

68 à 71 — Huit fûts de colonnes variés.

72 — Sous ce numéro, tablettes de consoles, piédestaux, etc., marbres variés.

155 73 — Coffre en fer peint et doré, muni de deux poignées et décoré d'armoiries et de feuillages. Travail allemand.

74 — Support de fontaine en bois sculpté et doré, à décor de rocailles et dragons.

110 75 — Vase en céramique, avec rehauts de bleu, ornements rocailles.

420 76 — Banc en chêne sculpté, de style gothique.

Larg., 3 m. 20 cent.

Deux médaillons en marbre

230 Deux médaillons en marbre

Bas relief en marbre …

Produit 236. … fr